문학과지성 시인선 55

모여서
사는 것이 어디
갈대들뿐이랴

마종기 시집

문학과지성사

문학과지성사에서 펴낸 마종기의 시집

안 보이는 사랑의 나라(1980)

그 나라 하늘빛(1991)

이슬의 눈(1997)

마종기 시전집(1999)

새들의 꿈에서는 나무 냄새가 난다(2002)

보이는 것을 바라는 것은 희망이 아니므로(시선집, 2004)

우리는 서로 부르고 있는 것일까(2006)

하늘의 맨살(2010)

마흔두 개의 초록(2015)

문학과지성 시인선 55

모여서 사는 것이 어디 갈대들뿐이랴

초판 1쇄 발행   1986년 10월   1일

2판 1쇄 발행   2017년   2월 20일

지 은 이   마종기

펴 낸 이   주일우

펴 낸 곳   ㈜문학과지성사

등록번호   제1993-000098호

주   소   04034 서울 마포구 잔다리로7길 18(서교동 377-20)

전   화   02)338-7224

팩   스   02)323-4180(편집)   02)338-7221(영업)

전자우편   moonji@moonji.com

홈페이지   www.moonji.com

ⓒ 마종기, 1986, 2017. Printed in Seoul, Korea

ISBN   978-89-320-2985-6 03810

이 도서의 국립중앙도서관 출판예정도서목록(CIP)은 서지정보유통지원시스템 홈페이지
(http://seoji.nl.go.kr)와 국가자료공동목록시스템(http://www.nl.go.kr/kolisnet)에서
이용하실 수 있습니다. (CIP제어번호: CIP2017003113)

문학과지성 시인선 55

모여서 사는 것이 어디 갈대들뿐이랴

마종기

시인의 말

이 시집은 1981년부터 1986년까지,
그러니까 지난 6년간 고국에서 발표된 시들을
거의 발표된 순서대로 모은 것이다.
좋지도 않은 작품을 그나마 많이도 쓰지 못하면서
또 한 번 시집으로 묶어내는 것이
내 정신의 남루를 보이는 것 같아 부끄럽다.
그러나 여기에 묶은 시들은 내가 겨우 해낼 수 있는
고국의 몇몇 선배 스승의 기대와 몇몇 친구들의 우정에 대한
구차한 내 변명임에는 틀림이 없다.
시집을 서둘러준 문학과지성사 여러분께
감사의 인사를 전한다.

미국 오하이오에서
마종기

모여서 사는 것이 어디 갈대들뿐이랴

차례

시인의 말

1부

1부

그해의 시월

오랜만에 귀국해서 친구랑
촌길 주점에서 도토리묵을 먹은
그해의 시월은 즐거웠다.
빨간 고추밭 사이로 들깨 터는 소리,
긴 수숫대 돌아가는 고추잠자리,
한국식 잠자리 순한 눈 때문에
내 온몸은 간지러웠지만
나가 사는 의사니까 알았어야지
간지러움은 얇은 아픔인 것을,
그해의 시월은 많이 아팠다.

어릴 적에도 코스모스가 있었다.
피난 시절은 어른들의 먼지 속,
전쟁은 보이지도 들리지도 않던 나이에
나는 아침부터 심심하게 배만 고프고
싸구려 목판의 술찌꺼기 먹고
메스꺼워 비틀거리던 行者의 발
지천의 코스모스가 종일 흔들리던
그해의 시월은 어지러웠다.

우리들의 배경
—피아니스트 폴리니의 연주회

흰 배경으로
두 마리 흰 새가 날아올랐다.
새는 보이지 않고
날개 소리만 들렸다.
너는 아니라고 고개를 젓지만
나도 보이지 않게 한 길로만
살고 싶었다.

이 깊고 어려운 시절에는
말하지 않아도
귀는 듣고
서로 붙잡지 않아도
손은 젖는다.

아무도 없는 배경으로 또
흰 새 두 마리 날아오른다.
어두운 곳에 깨어 있는
작은 사랑의 물방울이 튄다.

내가 만약 시인이 된다면

내가 한 십 년
아무것도 안 하고 단지 시만 읽고 쓴다면
즐겁겠지.
내가 겨울이 긴 산속 통나무 집에서
장작이나 태우며 노래나 부른다면
즐겁겠지.
(18세기 성주의 식객이 되어
한세월 광대짓 하던 알 만한 늙은이도
어느 날 즐겁게 목이 부러져 죽고.)
당신에게 쌓이고 쌓인 모든 발걸음이
이제는 다만 아픔으로 남을지라도
즐겁겠지.
십 년쯤 후에는 그 흙이 여물어
내가 만약 질 좋은 시인이 된다면.

만선의 돌

돌에 맞아 죽은
초기의 교인은 죽어서
신심이 돌같이 단단해졌대.

신심의 돌이 축이 되어서
빈 땅에 높이 솟은 희망이 되었대.
그러니까 말없는 돌은
얼마나 단단하고 만족할까.

돌은 꽉 차서
미리부터 만선이지만
피라미 몇 마리 띄운
내 오후의 船尾,
나는 신비주의자가 될밖에 없었지.

원색의 고깔 쓰고 덩기춤도 추고
이교도의 몸에 입도 맞추고
불안해질 때는

자주 불을 껐지.

만선의 돌,
내가 난파의 몸으로 풍랑에 쓸리면
그 당황과 신음이 끝나갈 때쯤
기억해주어,
간직했던 생래의 연약의 모래톱,
끝없이 떠다니는 모래들의 풍문.

풍경화

여자는 눈을 닫고 다리를 연다.
얼굴 없는 그림이
지나간 모든 여행을 덮는다.
헐벗은 언덕이나
추운 바닷가의 밤에
꿈의 온몸은 소리 죽여 숨고
흰 꽃이 날리던 화폭에
바람 소리만 남았다.
밤새 입다물고 헤매는
여자의 혼은 춥고
기대고 만지고 싶은 것은
어디서도 찾을 수가 없었다.
문득 작은 풀잎이
아침이 오는 쪽으로 고개를 들었다.

확답

휴가. 월요일. 오후. 기차.
뉴 잉글랜드. 강. 안개. 확답.
손수건. 의자. 버려진. 우산.
들꽃. 향기. 노인. 책. 물방아.
안경. 젖은. 철로가. 신호등. 詩.

가을. 한국. 기차. 몇 해.
십오 년. 논. 포플러. 냇물. 논.
언덕. 코스모스. 바람. 확답. 안개.
에서. 촌. 갈대. 방향. 솔. 여자. 가락.
손. 체온. 실망. 늙기. 안 늙기. 책임. 어지러운. 詩.

침묵이 언제부터 움직이고 있다.
역사의 삭은 칼이 잠깨어
내 앞길을 막아선다.

그림 그리기 2

辛酉年의 수탉을 그리기로 했다. 눈과 부리를 그렸다가 지웠다. 몸뚱이와 꽁지를 그렸다가 지웠다. 참새도 들새도 꿩도 될 수 있는 수탉이 아니고 수탉이 아니면 아예 아무것도 아닌 진솔한 수탉을 찾기 위해 또 지웠다. 아무나 가지고 있는 머리를 통째 지우고 다리도 지웠다. 그러면 수탉은 무엇인가. 자줏빛으로 새벽을 향해 목청 뽑는 목울대와 싸울 때나 암컷 쪼을 때 발기하는 자줏빛 어깻죽지의 깃털뿐. 그래서 며칠 싱싱한 어깨털을 세우고 며칠 더 힘찬 소리의 목을 세웠다. 온몸으로 그리고 탈진했을 때 한 讀者가 옆을 지나갔다. 별것 아니군, 수숫대로 엮어 만든 수수빗자루군.

수수빗자루, 그래서 나는 그 이후 수수빗자루가 자줏빛 목청을 뽑아 두 번 세 번 새벽을 향해 우는 신선한 소리를 혼자 들을 수 있게 되었다. 그리고 수수빗자루를 볼 적마다 갑자기 날이 밝아오고 있는 것을 알게 되었고, 암컷을 쪼아대는 맹렬한 어깨 힘이 내 어깨에도 넘쳐나 나는 아내를 찾았다. 나는 이 소리의 힘을 아내에게 간곡히 설명하고 싶었다.

피의 생리학

1

핏줄 속에서
산불이 자주 난다.
사면에 부딪히는 소리가
긴 잠을 깨운다.
아름답고 뜨거운 피,
언제나 우리들의 앞길을 막는 피
길 잃은 피가 커진다.
커진 피가 오래 마찰하는
조상들의 산불이 탄다.

2

적혈구와 백혈구가 서로 싸우는 광장에 나가면 온
몸이 어두워진다. 싸우지 말자고 웅성대는 우리들은
피의 찌꺼기, 혹은 혈소판. 피의 찌꺼기는 작다. 피

의 찌꺼기는 많다. 흘러다니는 피의 찌꺼기는 모양
이 제각각이다. 쉽게 뜨는 피의 찌꺼기는 의견이 비
슷하다. 피의 찌꺼기는 아프고 억울한 상처를 아물
게 한다. 많은 피의 찌꺼기가 죽고 또 죽어서 상처를
아물게 한다.

쥐에 대한 우화

1. 실험실의 쥐

그 겨울을 나는 거의 지하실의 실험용 쥐들과 같이 지냈다. 쥐똥 냄새, 쥐오줌 냄새, 겨가루, 말똥 섞은 쥐밥의 뒤죽박죽의 냄새 속에서 한겨울을 축축하게 지냈다. 번호가 적힌 순서대로 나는 매일 몇 마리씩 쥐들의 배를 갈랐다. 절반쯤이 배가 갈려 죽은 후에는 그 짓을 신기하게 보던 쥐들이 내가 손짓을 할 적마다 기침을 수없이 했다. 물 대신 술을 계속 먹인 쥐들은 간이 붇고 체중이 줄었지만 오히려 배가 갈린 것이 시원한 표정이었다. 물 대신 커피를 먹인 쥐들은 몸무게가 늘었지만 내장에 피가 맺히고, 코카콜라를 먹인 쥐들은 내가 죽이기도 전에 비틀비틀단내를 피우며 썩어가고 있었다. 각종 음료수에 대한 혈액 내의 화학 물질 농도와 내장벽의 근육 및 조직 변화의 연구가 성공하고 축축한 지하실에 내가 돌아왔을 때, 아직 실험에서 살아남은 몇 마리의 쥐가 성공한 놈아, 성공한 놈아 하면서 계속 기침을 하

고 있었다. 봄이 오고 내가 승진을 한 뒤에도 나는
실험실 쥐들의 시끄러운 기침 소리에 밤잠을 계속
설치고 있었다.

2. 부자가 되는 법

부자가 되고 싶어 궁리하던 사람이 연구 끝에 고
양이 한 쌍과 쥐 한 쌍을 샀지. 고양이도 번식이 빠
르기는 하지만 쥐들은 일 년에 서너 번씩 새끼를 낳
고 본능이 빨라 새끼 쥐도 몇 달이면 번식하는 법을
금방 배워 일 년 만에 고양이 떼와 쥐 떼를 가지게
되었지. 사료값이 없는 주인은 자기 연구대로 한 떼
의 쥐들을 잡아 고양이 사육장에 집어넣으면 굶주린
고양이 떼가 그 쥐를 잡아먹고 새끼를 까고 그래서
고양이가 너무 많아지면 한 무리 죽여서 그 털과 가
죽을 팔아 돈을 모으고 죽은 고양이의 살과 내장은
쥐들에게 사료로 먹이면 쥐들은 그 고기 먹고 또 살

이 찌고. 고기 먹고 살찌고 새끼 많이 깐 쥐 떼를 또 절반쯤 고양이 사육장에 쓸어넣으면 고양이 떼는 쥐 잡아 죽이기로 이리저리 뛰어 적당한 운동과 유희가 되고 성찬이 되어 살이 찌고 새끼를 까고…… 그러면 한 달에 한 번쯤 인부를 두어 이제는 수천 마리씩의 고양이를 잡아 털과 가죽을 벗겨 말려서 팔면 주인은 자꾸 부자가 되고 죽은 고양이의 고기는 다시 번식하는 쥐 떼들의 사료가 되는 거지. 원수를 갚듯 잘들 먹겠지. 부자가 된 주인은 좋아서 원수를 갚듯 서로서로 자꾸 먹어라, 그래서 온 세상이 내 쥐 떼와 고양이 떼로 덮여라 하지만, 나는 좀 슬퍼지더군. 부자가 되는 길이 어떨 때는 이렇게 무섭고 슬플 수도 있구나.

일상의 외국 2

안락한 외제 소파에 틀고 앉아
안락하지 못했던 동학의 전기를 읽는다.
헐벗은 백년 전 전라도, 충청도 땅에
볼품없이 씻겨가는 人骨을 본다.

외국에 나와서 보면 더욱 힘들다.
삿대 없이 흐르던 가난한 나라,
흙먼지에 얼굴 덮인 죽창의 눈물,
그날의 선조가 야속한 관군이 아니고
감투 눌러쓰고 돌아앉던 양반이 아니기를.
한여름 냉방 장치의 응접실에서
문득 얼굴에 흙칠을 하고 싶다.
돌아앉아 숨죽이던
그 양반의 버선짝 냄새.

일상의 외국 3

1

열한 시가 되었습니다.
잘 시간입니다.
여섯 시가 되었습니다.
깨어날 시간입니다.

정오에는 정확한 점심,
다섯 시에는 돌아갑니다.
한눈도 팔지 않고 돌아갑니다.

2

월요일에 내린 눈,
화요일에 내린 눈,
수요일에도 목요일에도 녹지 않고
금요일, 토요일, 일요일에도 쌓여 있는 눈.

고국은 높고 하늘은 낮고
그러나 일월에도 이월에도 삼월에도 내리는 눈.
사월이 되어도 녹지 않는 눈.

3

눈을 떠도 희미한 이 나라에 와서
밤부터 새벽까지 엎어요, 엎어요.
마작 끝에 먹는 밤참은 육개장,
풀이 팍 죽은 파뿌리로 몸을 재우고
아득한 구만 리, 구십만 리의 인적을 떠나
평지보다 더 낮게 둑을 쌓고
부끄러운 얼굴은 동남풍으로 지우고
한국은 한국이요, 술장사는 술장사.
언제 코피 흘리면서 써놓은 詩줄들
비닐봉지에 잘 싸서 쓰레기통에 던지고.

4

참 인연이네요.
전생에 나는 한 마리 서양개였는지
여기는 미국의 오하이오입니다.

참 인연이네요.
오대호 속에 사는 이무기 한 마리,
오대호 물살에 밀려다니고
골프를 치고 정구를 치고
치고받는 얼간 고등어가 되어갑니다.

참 인연이네요.
이렇게 아득한 줄은 몰랐어요.

5

당신은 날 용서해주어야 돼.
허바허바 사진관에서 여권 사진을 찍고
다방에서 기다리다 평생 신수를 점치고
숫기 없는 남산 쪽만 보다가 떠났어.
죽지 않고도 재가 되어버리는 길목.

일주일 동안 산속의 수도원에 다녀왔어.
어두운 새벽부터 마룻바닥에 무릎 오래 꿇고
해 떠오르는 창밖을 보다가 울었어.
부끄러우면 몸이 뜨거워지는군.
뜨겁고 아파서 견딜 수가 없었어.
앞뒤 없이 재가 되는 길은 참 멀고 어려웠어.

폴란드의 바웬사 아저씨
―동요풍 1

꽃 파는 여자와 결혼한 노동자
나는 바웬사 아저씨가 좋아요.
애국이니 혁명을 말하지 않고
고개 숙이고 헤매는 아저씨 이마의 땀,
밤에는 친구끼리 몸을 기대는
폴란드의 가난한 노동조합원.

일곱 명 아기의 아버지는 죄지은 신자
술 한잔 마시고 그다니스크 시를 걸어가는
술 한잔 취하면 부르는 유행가,
"우리가 죽어서 모두 재가 된다면
폴란드여, 제발 그 재만은 자유롭기를"
얼마나 자유를 그리워하면
무섭지 않아도 눈물이 나고
맨몸으로 쓰러지는 눈 덮인 거리.

"옳은 것은 원래부터 무의식이다"
폴란드의 자유와 생존의 열망이

이제 많이는 땅 밑에 묻혀버렸지만
계엄령의 얼음판에서도 불을 자주 보는
바웬사 아저씨가 나는 좋아요.

성벽을 뚫고
──동요풍 2

6·25 사변 전 흑백 영화,

보셨습니까.

형제가 절벽 위에서 총을 서로 겨누고

형인지 동생인지 지금은 잊었지만

하나는 절벽에서 떨어져 죽고

나는 동생의 손목을 잡고

어두운 골목길을 도망쳤습니다.

똑바로 뛰면 총에 맞는다,

담에 기대서 옆으로 뛰자.

국민학교 때 6·25 사변의 총알은 빗나가고

오늘은 성벽을 보셨습니까.

남한산성에 갔었지요.

성벽을 뚫어보셨습니까.

성벽을 뚫으래요.

성벽 뚫을 힘이 없으면

형제끼리 싸우지 않으면 된대요.

작은 형제, 나라같이 큰 형제,

우리들의 공포를 보셨습니까.

싸우지 않으면 된대요.

그러면 절벽에서 안 떨어져도 된대요.

권총을 사들고

어둡고 긴 숲에서 밀리고 넘어지면서
한세월을 털어 보내고 난 후
권총 한 자루를 사들고
초연한 서부의 무법자처럼
차가운 총신을 닦아내면서
한마디로 꺾는 연습을 하면서.

6발의 총알을 장전하고
숨소리 죽이면서 침대 밑에 밀어넣고
높고 견고한 성을 매일 밤 마음에 쌓고
밤새도록 명중하는 총소리에 핏발을 세우고.

아침에는 서부의 바람이 서쪽으로 불면
오후에는 같은 바람이 동쪽으로 불고
저녁의 사격장에는 흔들리는 석양뿐,
우리가 힘들게 살고 있는 것이
감은 눈에 희미하게 잠시 보일 뿐,
우리들 인연이야 어차피 바람이고
내가 조준할 것은 이 세상에 없었다.

시인의 용도 1

시인이 되고 싶습니다.
시인의 용도는 무엇입니까.
에티오피아에서, 소말리아에서
중앙아프리카에서
굶고 굶어서 가죽만 거칠어진
수백 수천의 어린이가 검게 말라서
매일 쓰레기처럼 죽어나고 있습니다.
캄보디아에서, 베트남에서
오늘은 해골을 굴리며 놀고
내일은 정글 진흙탕 속에 죽는 어린이.
열 살이면 사람 죽이는 법을 배우고
열두 살이면 기관단총을 쏘아댑니다.
엘 살바도르에서, 니카라과에서
중앙아메리카에서, 남아메리카에서
해 뜨고 해 질 때까지 온종일
오른쪽은 왼쪽을 씹고
왼쪽은 오른쪽을 까고
대가리는 꼬리를 먹고
꼬리는 대가리를 치다가 죽고.

하루도 그치지 않는 총소리,
하루도 쉬지 않는 살인.
하느님 시인의 용도는 어디 있습니까.

이란에서, 이라크에서, 이스라엘에서
레바논에서, 시베리아 벌판에서
세계의 방방곡곡에서
하느님, 시인의 용도는 무엇입니까.
남들의 슬픔을 들으면
눈물이 나고 가슴이 아프고
남들이 고통 끝에 일어나면
감동하여 뒷간에서 발을 구릅니다.
어느 시인이 쓴 투쟁의 노래는 용감하지만
내게 직접 그 고통이 올 때까지는
어느 시인이 쓴 위로의 노래는 비감하지만
유혹에 빠지지 말라고 하신 하느님,
그러나 시인의 용도는 무엇입니까.

시인의 용도 2

하느님, 내가 고통스럽다는 말 못 하게 하세요.
어두운 골방에 앉아 하루 종일 봉투 만들고
라면으로 끼니를 잇는 노파를 아신다면.
하느님, 내가 외롭단 말 못 하게 하세요.
쉽게는 서울 남쪽 변두리를 걸어서
신흥 1동, 2동 언덕배기 하꼬방을 보세요.
골목길 돌아서며 피 토하는 소년을 아신다면
엄마를 기다리는 영양실조도 있었어요.

하느님, 내가 사랑이란 말 못 하게 하세요.
당신의 아들이 왜 죽은 줄도 모르는
먼지 쓴 신자의 회초리가 드세기도 하더니
세계의 곳곳에는 그 사랑의 신자들 가득하고
신자에게 맞아 죽은 신자들의 시신,
내 나라를 사랑해서 딴 나라를 찍고
하느님 영광을 찬송하는 소리 들어보세요.
고통도, 사랑도, 말 못 하는
섭섭한 이 시대, 시인의 용도는 무엇입니까.

쓸쓸한 물

불꽃은
뜨거운 바람이 없다면
움직이는
그림에 지나지 않는다.

모든 불꽃이 그림으로 완성된
안정된 세상의 쓸쓸함.
내 고통의 대부분은
그 쓸쓸한 물이다.

나는 때때로
그날을 생각한다.
순결의 물을 두 손에 받들고
다가오던 발소리의 떨림.
가득 찬 물소리에
나는 몸을 씻고 싶었다.

떨지 않는 물은 단지

젖어 있는

무게에 지나지 않는다.

중년의 안개

올해도 비가 그치면서
시가는 안개로 덮였다.
길고 어두운 우리들의 중년이
방향 없이 그 속을 날고 있었다.

──소소한 것은 잊으세요.
──중년의 긴 꿈은 무서워요.

우리들의 시정 거리는 일 분.
반백의 세상은 안개처럼 간단하다.
녹슨 칼은 몸 안에 숨기고
바람이 부는 곳에서는 고개를 돌리고
목에 칼칼하게 걸리는 몇 개의 양심.

──멀리 보지 마세요.
──중년의 절망은 무서워요.

조롱 속에 살던 새는 조롱 속에서 죽고

안개 속을 날던 새는 죽어서
갈 곳이 없어 안개가 된대요.

바람의 씨를 뿌리던 우리들의 갈증은
어디로!

그 여자의 음계

그 여자가 또 소리 없이 운다.
두 손으로 세상을 가리고
고개를 저으면서 저음으로
운다. 층계를 하나씩 내려가면서
하체가 흔들린다. 노랗게
하체가 말을 듣는다. 숨어 있는
온몸이 말을 받는다. 행진곡처럼
가볍게 익어간다. 익어갈수록
가지에서 떨어지고 싶은 사과.
사과가 꽃이었을 때도
들은 적이 있었지. 지나간 것은
흐르는 물 같은 것이니까. 물소리의
목을 핥아주고 싶다. 건망증처럼
상체가 흔들린다. 그 여자가 고음으로
층계를 하나씩 오르기 시작한다.

한강

1

일시 귀국을 하고
당신을 다시 내려다본다.
올려보아도 부끄러운 몸으로
가엾게 늙어가는 당신을 내려다본다.

난리통에는 다리가 잘리고
수천의 백골도 물 속에 가라앉아
흙바람에 삭아버린 당신의 피부는 어둡다.
중학교 때 친구랑 헤엄치고 날뛰던
넘치고 빛나던 강물은 병들고
길고 긴 해가 지날 적마다
우리를 흥분시키던 물은 말라들어
오히려 당신의 얼굴 위에 쏟아지는
모리잡배들의 썩은 배설물.
때로는 서투른 일본말로 신음하며
숨막혀 배 밑에 깔리는 한강.

가늘고 거칠어진 관능의 다리 위에
주눅든 남자가 되어 눈을 피한다.

2

이제는 비밀도 없구나.
삭막한 당신의 다리 근처에서
執銃한 아저씨들은 밤눈을 밝혔다.
갈수록 복잡해지는 國史의 고통은
값비싼 항생제로 가라앉히고
정밀 검사를 마치고야 통과되었다.
이제는 비밀도 없구나.
속뼈까지 하나씩 드러내는 한강,
후회의 눈물로도 가리지 못하고
메마른 지도가 옷을 벗고 눕는다.

3

　외국에서 한강을 보면 미시시피 강같이 유장하지
않음을 내가 탓할 수야 없지. 한강에서는 물장구쳐
보았지만 노랑내 나는 강에서는 친구를 만나지 못
했으니까. 모래판을 치며 훈련하던 내 손마디가 한
때는 피투성이 되었다가 단단히 여물고, 이제는 간
단히 목판을 쪼개내듯이, 외국에서 한강을 보면 언
뜻 우리 세대의 피투성이 손마디로 보이는 것도 탓
할 수야 없지. 다음 번에 내가 한강을 찾아가 맑은
물 찰찰 흘리며 너 왔구나, 반갑다 말하면, 에라, 꼭
틀어안고 뒹굴면서 길고 은근한 입맞춤을 한판 벌일
수밖에, 너밖에 사랑하지 않았노라고, 귓속말로 몇
번이고 고백할밖에.

새

새들은 아침잠도 없구나.
동이 터오는 기미만 보이면
일어나 세수하고 우리를 부른다.
그 푸른 목소리.

몸을 높이 올리면
지상의 먼 거리도
손가락 사이에서 보이고
눈을 바로 뜨면
자유의 모진 아우성도
아름답게 보인다.
둘도 하나로 보인다.

그러니 어디에 있으면 어떠랴.
우리들의 예감이야 하나밖에 없지.
사방이 막히고 어두워도
오늘도 그 불 같은 목소리.
새들은 기미만 보고도
우리들의 게으름을 일깨워주는구나.

하느님 공부

1

오늘의 공부는 공중에 나는 새를 보라.
공부는 공중에 나는 새를 쏘는 총,
공중에 나는 새를 쏘는 사람의 공포,
그 사람 마음에 일고 지는 몇 代의 그림자.

이제 눈물은 무섭지 않아.
한번 끓고 난 물은 탄력이 없어.
비단같이 얇게 하늘거리는 땅 위에서
생수 같은 사람이 되고 싶어서.

2

필연성이 없는 소리의 연속은
음악이 아니지.
필연성이 없는 동작의 연속은
춤이 아니지.

필연성이 없는 하루하루 살이는
사람이 아니지.
그러니까 나는 사람이 아니지.

하느님은 대개
마음이 가난한 자에게만 보인다고 하고.

선종(善終) 이후 6

잊을 수 없습니다.
아버님 골패짝 굴리시던 손,
냉돌에 단정히 무릎 꿇고
원고지 적시시던 손.
그해의 봄은 유난히 늦어
간간이 손끝을 떠시던 아버님.
분꽃이 다시 피었습니다.
분꽃은 아버님이랑 살던 때를
자꾸 옛날 일이라고 말해줍니다.
그간에 나는 남을 만나 사랑하고
밤비처럼 두서없이 흔들리고 있습니다.
아버님 세월이 자꾸 흘러간대요.
어서 두 손을 펴세요.

2부

아프리카의 갈대

사람은 생각하는 갈대라지만
아프리카 한복판, 가뭄에 굶어 죽은
수십만의 에티오피아 사람들은
무슨 생각을 하는 갈대였을까.
갈대같이 말라서 쓰러져 죽고 마는
그 갈대를 꺾어서 응접실을 치장하고
생각하는 갈대답게 아프리카를 본다.
두 눈을 뜨고도 앞을 보지 못하는
가죽만 남은 어린 몸, 파리 떼 엉긴 눈,
사진 설명에만 안타까워 흥분하다
치고받는 데모, 치고받는 투전에만 흥분하다가
판세에 휩쓸리면 몸 사리는 우리 갈대.
어차피 세상의 갈대밭은 불타고 말지,
땅이 타는 아프리카 불기에는
생각 없는 갈대가 무더기로 타 죽고
우리 땅의 불에는 누가 타서 뒹굴까.

죽은 나무를 노래함

죽은 나무는
죽은 후에도 서 있다.
낙엽은 몇 해째 흙이 되려고
땅의 두꺼운 문을 두드리고
밤에도 잠들지 못하는
산벌레들의 신음 속에서.

피곤하지 않을까 모르지.
부러진 돌을 껴안는 짙은 안개,
도망하다 지친 몇 개의 풍경이
죽은 나무에 기대어 운다.

곧 겨울눈이 오리라.
창문을 열고 살던 시대는 가고
의심 많고 두려움에 찬 두 눈으로
서서 죽은 나무를 토막내어
겨울 추위의 온기를 얻는 구차스러움.

죽은 나무가 탄다.
죽은 나무가 불타면서 말한다.
드디어 바람의 손을 잡고 떠나는
죽은 나무의 혼, 죽은 나무의 혼.

수장(水葬)
―「風葬」의 동규에게, 외국에서

너는 처음부터 안 보이는 것을 공부했으니
보이다 말다 하는 바람이 낫겠지만
나는 시신을 찢어가며 전공을 배웠으니
어차피 속살까지 모두 다시 내어주어야겠지.
보이고 또 끝없이 보이는 실속 없는 물,
그 물 속에 환히 밀어넣어야겠지.

그러니 수장시켜다오.
외국에서는 말고 이번만은 한국의 바다에서,
동해나 황해나 남해나 아무 데나
그러나 너무 멀리는 말고 해안선 가까이에,
내 한세상의 여행도 결국은 그랬지만
방향 잃은 늙은 목선의 어스름 저녁,
황혼이 잔잔한 바다에 머리 부딪히며 다시 울 때
부끄러움도 무지함도 감추지 않은 용사의 죽음처럼.

수장시켜다오.
중학교 때의 전쟁과 가난의 땀옷은 수의로 감고

두서 없이 무겁던 외로움의 무게를 두 발에 동이고
수상한 장송곡 대신 장타령 한 곡의 중간쯤
물소리 많이 나지 않게 밀어넣어다오.

갑자기 시원하고 조용해지겠지.
몇 날 며칠 흔들거리며 긴 꿈을 꾸고 나면
한국의 저녁상에서 자주 보던 온갖 물고기들,
갈치나 꽁치 떼들이 내 살을 파먹고, 파먹고
그 살찐 물고기들 어부에게 잡혀 포구에 닿으면
어시장 아주머니 비린 눈매도 신명나누나.

그간에 나는 유심한 구름도 되어보고
바다 위를 나는 깃 좋은 물새도 되어보리니,
수장시켜다오.
내 살이 그 많은 조카들의 살이 다시 되어
이 골목 저 골목을 뛰어다니며 놀 때
오래 헤매며 살던 짙은 안개의 세월 끝나고
내가 드디어 뜨거운 눈을 뜨리라.

남미식 겨울

1

해군이 바다에서 혁명을 일으켰다.
검은 제복을 입고 총검을 들고
일제히 높은 파고에 발맞추어
혁명을 일으켰다.
바다 위에 떠 있는 달이 운다.
상륙할 수 없는 혁명이
전 세계의 풍랑에 쓸려간다.
밤이면 바다 위에 떠올라 빛을 내는
행방불명이 된 사람의 무덤.

2

안데스 산맥은 겨울에 자란다.
눈부신 수천만의 눈이 쌓이고
어두워질수록 산길이 더 잘 보이는
안데스 산맥은 천사들의 놀이터,

해방불명이 된 생 텍쥐페리의 친구들이
낯선 땅 겨울 내내 꽃이 되어 내리고
고향의 그리운 노래처럼 하산하는구나.

3

안데스 산맥과 나라와 바다 사이
세상에서 제일 긴 망토를 입고
세상에서 제일 긴 훈장을 달고
총알을 몇 개씩 온몸에 박은 분,
미소하고 악수하고 다짐하는 분,
파도 높은 바다의 어두운 영혼이
겨울의 긴 산맥에 부딪혀 깨어진다.
끝나지 않는 메아리의 지진이
행방불명이 된 온 나라를 덮을 때
그대여, 눈물도 없이
동상에 걸린 두 손을 자르는 그대여.

자유의 피

내가 외국의 대학촌에서 공부할 때
자유의 피라는 것을 배웠지.
젊은 나라에서 그 젊은 여자는 웃으면서
자유가 얼마나 좋은가를 알려주었지.
그때만은 임신이 안 되는 게 확실해서
며칠이고 약을 안 먹어도 되는 자유
당신도 껴안고 뒹굴 수 있는 자유,
그런 종류를 자유라고 자유롭게 불렀어.
내가 고국에서 배운 자유의 피는
아주 무겁고 힘겨운 것으로 기억했을 때라
무한정 흔들며 자유의 피를 뿌리는
그 여자의 여유가 가볍고 싱싱하게 보였지.
그렇지만 나는 확실히 믿을 수는 없었어.
갑자기 자유의 피가 하룻밤 일거리가 되는 것이
아무리 힘있게 껴안아도 믿을 수가 없었어.

몇 해마다 내 갈증을 풀려고 고국에 돌아오면
아직도 서울의 공기는 수상한 냄새를 풍기고

서울의 공기는 수상한 소리를 연발하고
남산 밑으로 많이 뚫린 터널에서도
나는 성욕 잃은 쥐같이 재채기만 했었지.
서울 친구들은 장중하고 슬프게 발음하면서
자유라는 말을 함부로 다루지 않았어.
물론 나는 내 친구들을 믿을 수밖에 없었지만
아, 때때로 자유의 피의 황홀한 색감,
자유의 피의 황홀한 율동!
자유가 속삭임같이 달콤해지면
다시는 그 많은 재채기를 안 해도 될 것 같았어.

고아의 정의
——어느 입양 고아를 위하여

정의는 때때로 내게는 개밥이다.
형형색색으로 휘날리는 정의의 깃발,
형형색색으로 휘날리는 개꼬리의 꼬리,
정의는 때때로 간단한 깃발이다.
서로 다른 크기와 모양으로 빛나는 정의,
그 정의의 깃발 아래서 쓰러지는 사람,
그 정의의 꼬리 아래서 흔들리는 신음.

배가 고프면 정의는 빵집에 있고
배가 아프면 정의는 병원에 있고
배가 없으면 정의는 다리에 있겠지.
피맺히게 울부짖는 정의의 구호도
때때로 내게는 징 맞은 돌이다.
정의의 칼을 높이 뽑아든 돌,
정의의 돌을 던지는 다른 돌의 눈.

세계의 곳곳에서 서로 목청을 뽑는
씩씩하고 웅장한 정의의 관현악.

아프리카의 정의, 알젠틴의 정의,
스탈린의 정의, 광신도의 정의
어느 동네 어느 골목의 정의의 정의.

그러나 그 찬란한 정의들을 위해서도
남을 치고 죽이고 깨뜨리지는 마.
정의를 위해서도 남을 절망시키지 마.
아우슈비츠 수용소까지 안 가더라도
맞아 죽은 입양 고아의 부러진 뼈야,
너도 알고 있지.
세상에는 정의보다 훨씬 굵은 것이 있지.
세상에는 정의보다 훨씬 밝은 것이 있지.
정의보다 훨씬 높고, 맑고, 따뜻한 것이 있지.

외국어 시

그 겨울의 추운 강당에는
저녁내 오던 눈소리 한결 커지고
노벨상 시인 밀로즈 씨는 갑자기
폴란드어로 자작시를 외우기 시작했다.
눈 속에 서 있는 한 떼의 나무들이
더 정확하게 보이기 시작했다.
미국 중서부, 별일 없는 도시의 겨울밤,
관중은 어이없어하고 주위는 어두웠지만
한마디 알아들을 수 없는 밀로즈 씨의 시가
무대를 차고 넘쳐서 폭설이 되고 있었다.
혹은 검은 눈썹의 늙은 동구라파,
잿빛 하늘과 강물과 나무숲의 중간쯤
수시로 마른 빵을 씹던 유랑민의 꿈,
해결할 수 없는 겨울밤의 목마름.

가을 수력학

그냥 흐르기로 했어.
편해지기로 했어.
눈총도 엽총도 없이
나이나 죽이고 반쯤은 썩기도 하면서
꿈꾸는 자의 발걸음처럼 가볍게.

목에서도 힘을 빼고
심장에서도 힘을 빼고
먹이 찾아 헤매는 들짐승이 되거나 말거나
방향 없는 새들의 하늘이 되거나 말거나.
암, 그렇고말고,
천년짜리 莊子의 물이 내 옆을 흘러가네,
언제부터 발자국도 없이
타계한 꿈처럼 흘러가네.

망자의 섬

──당대의 시인 에즈라 파운드는 배신자라는
낙인 때문에 그리던 고국에 돌아오지 못하고
외국 땅 이탈리아 '망자의 섬'에 죽어 묻힌 지 13년이 되었다.

1

나는 시를 버리더라도
바른길을 가려보자.
바람 불어 쓰러지면 다시 일어나고
약속한 뜻은 겁이 나도 지키고
힘들면 눈감아도 포기하지 말기.
딴소리 하는 시인은 한쪽 귀로 듣고
웃음거리 되더라도 그냥 걸어가기.
밤새워 깎고 다듬은 서투른 끌질에
피 흘리고 떨어져나간 감상의 햇수들,
이제는 전신에 뜻 없는 상처로 남아도
내가 흥겨워서 벌였던 한판,
그 이상 내가 무엇을 바라랴.

2

에즈라 파운드의 고향은
감자가 많이 나는 아이다호 주,
해마다 감자들은 생살을 째고
피 흘리는 생살을 흙에 비벼서
안 보이는 땅속에 양식을 마련한다.
고향의 감자꽃은 슴슴하지만
아프지 않고는 여기 살 수 없다고
아무나 감자 옆에 누울 수는 없다고
슴슴하게 웃고 가는 고향의 감자꽃.

3

섬에서는 망자들이 소리 죽여 울고
우는 어깨 위에 나비가 앉는다.

작은 언덕이 바람에 밀려다니고
모두 부질없음을 알고 난 후에도
돌멩이 몇 개 언덕을 오른다.
밤에는 심한 비가 자주 내리는 섬,
빗소리에 잠이 깨면 그새 육탈이 된 몸.
뼈 사이로 스미는 빗물의 차가움에
몇 개의 뼈는 벌써 피리 소리를 내고
온몸이 환히 보이는 망자들의 부끄러움.

강토의 바람

불어오는 바람을 죽일 수 없다면
바람이 내는 소리도 죽일 수는 없지.
나무에게, 수풀에게, 나부끼는 깃발에게
소리 내지 말라고 명령할 수는 없지.
모이는 장소가 따로 없는 바람들은
나라의 안팎 빈 곳에서 일어나고
바람이 내는 소리는 예감처럼 사위를 흔든다.

바람은 죽지 않는다.
한두 개의 바람이 방향이 같으면
둥그런 바람도 삼각형의 바람도
수백 개의 바람으로 함께 몰리고
바람이 내는 소리는 도시의 방파제를 넘는다.

잠자는 바람을 깨우지 말자.
잠자는 바람의 흔적을 깨우지 말자.
바람이 고개를 숙이면
긴 목이 아프기 마련,

그 목쉰 바람 소리는 시대의 암호처럼
언제나 강토의 살을 추위에 떨게 한다.

의사 호세 리잘의 증언

1

19세기 말에 필리핀이라는 나라가 있었다. 스페인의 식민지, 아시아의 태평양에 섬나라가 있었다. 그 섬나라에 호세 리잘이라는 의사가 있었다. 한 나라에 한 사람이 있었다. 파리로, 마드리드로, 하이델베르크로 떠돌던 동양인 의사는 조국에 돌아와서 총살형을 받았다. 환자도 보고 『사회의 암』이라는 소설도 쓰다가 서른다섯 나이에 죽었다. 「마지막 작별」의 글을 형무소에서 끝내고 그다음 날 19세기 말에 한 의사가 죽었다.

2

호세 리잘이 진단한 사회의 암은 우리였네.
나태한 우리와 타협해서 쉽게 사는 우리,
의타심에 덮여서 눈치로 사는 우리,

작패로 싸우고 죽이고 이간질하는 우리,
암세포로 썩어가는 나라의 병은
아무도 볼 수 없는 우리들 마음에 있었네.
(나도 외국을 떠도는 의사인데
아무 병도 보이지 않았다.
필리핀 의사를 만나면 마작이나 하고
구라파 여행 때는 군침만 삼켰다.)

3

내가 다시 이 땅에서 일어나 살펴보느니
그새 백여 년 햇수가 섬나라를 지나가도
몸은 아직 남은 해안가를 떠돌고 있느니
쉽게 사는 사람들아,
쉽게 미워하고 쉽게 죽이는 사람들아,
산에서도 물에서도 미워하고
도시에서도 공항에서도 죽이고

돌아서면 쉽게 기도하는 사람들아.

지금도 제사상 향불 속에 우는 내 혼을 보아라.

한세상의 귀함은 헐벗은 맨발 걸음뿐,

세상을 어려워하라.

걷는 자도 말 탄 자도 큰 짐을 진 듯

어려워해야만 편안해지리라.

밤 노래 1

1

내가 한국의 시인이라면
웃기지 말라고 피해가는
영어를 잘하는 내 아들이 잠든 밤은
즐거워라.
가진 것에 약한 아내가 잠든 밤,
계산의 주판이 잠든 밤은
즐거워라.
줄 것도 받을 것도 없이 털어버린
단출한 행장이 즐거워라.

모든 인연에서 떨어져나올수록
내게 더 가까이 다가오는 피부의 밤,
언제나 우리를 속상하게 하는
겹치고 쌓이는 어려운 시대도 가려주는
위안의 끝없는 넓이여.

2

외국에서 오래 손님처럼 살다 보면
다음날 고국에서 들리는 소식까지 부드럽다.
한 이십 년 물 위에 기름처럼 살다 보면
어지러워진다. 기름처럼 가벼워진다.
그래서 밤이여, 생활의 적적한 동반자여,
밤에는 장년의 주름살이 뼈에도 느슨히 보이고
귀기울이면 땅이 우는 희한한 소리도 들린다.
환영받지 못한 예언자의 시대는 끝났다.
밤새도록 인연의 질긴 매듭을 하나씩 풀고
자유로운 몸으로 나는 밤의 끝의 빛.

밤 노래 2

전생이라는 것이 정말 있었다면
우리는 같은 동네 출신일 거야.
쉽게 어깨가 시려오는 나이가 되어
머릿속 등피도 가물거리지만
노란 꽃이 한밤에 빨갛게 피는 것도
풍랑에 방향 잃은 상징의 난파선도
언제나 이야기로 듣기만 했을 뿐.
(이리 와, 내 말을 들어봐.)
밤에 별이 많으면 새가 되어 날고
별까지 날아가는 새가 되어 떠나고
쉬어갈 곳이 없는 낯선 하늘에서도
목성은 어쩐지 정이 가지 않았지.
(이리 와, 내 말을 들어봐.)
나무도 나무를 만나야 속사정을 털고
풀도 같은 풀을 만나야 어깨를 기대는 거지.
확실한 것은 그것뿐이다.
보이지 않게 밤마다 떠나는 우리들,
보이지 않는 세상에서 밤마다 돌아오는 우리들.

밤 노래 3
—화가 고야의 집에서

내가 쓴 詩는 당신 젊을 때 그림만큼 약하다.
그러니까 나도 나이를 먹으면 귀머거리가 되리라.
한 칸의 방을 얻어 사면에 흑칠을 하고
내 문필의 늦은 침묵의 시대를 열리라.

죄 없이 죽고 죽이던 총소리에 귀가 먼 후
당신은 나머지 세상을 문 닫고 끝냈다지만
나는 긴 전쟁의 회오리에 손가락 하나 잘리지 않고
억울한 피눈물도 얼마 흘린 적 없었으니
수십 년 피해온 큰 바다를 대면하듯
나이 들면 나도 귀머거리 시인이 되리라.

그래서 먼지 쌓인 게으름의 때를 몇 해 씻어내고
늙은 욕심의 살과 피가 다 녹아 흐를 때
들을 수 없는 큰 목소리를 잡고 살리라.
온몸으로 불을 켜는 고문받는 땅 위에
마지막 밤의 별처럼 보이는 그 집에서.

밤 노래 4

모여서 사는 것이 어디 갈대들뿐이랴.
바람 부는 언덕에서, 어두운 물가에서
어깨를 비비며 사는 것이 어디 갈대들뿐이랴.
마른 산골에서는 밤마다 늑대들 울어도
쓰러졌다가도 같이 일어나 먼지를 터는 것이
어디 우리나라의 갈대들뿐이랴.

멀리 있으면 당신은 회고 푸르게 보이고
가까이 있으면 슬프게 보인다.
산에서 더 높은 산으로 오르는 몇 개의 구름,
밤에는 단순한 물기가 되어 베개를 적시는 구름,
떠돌던 것은 모두 주눅이 들어 비가 되어 내리고
내가 살던 먼 갈대밭에서 비를 맞는 당신,
한밤의 어두움도 내 어리석음 가려주지 않는다.

스페인의 비

낡은 베레모를 쓰고
오징어 튀김에 싼 술을 마신다.
부둣가에는 가는 비 저녁내 내리고
개 한 마리 저쪽에, 개 한 마리 이쪽에
귀에 익은 유행가처럼 흔들거린다.
어두워서 더 어지럽다.
술 취한 빈 골목마다 나이 먹은 성당,
옛날의 비가 되어 어깨를 두드린다.
한평생 쌓인 죄가 모두 씻어질 때까지
성당에 기대어 긴 잠이나 잘거나,
나이 들면 술 취한 어부나 될거나, 아니면
잠속에서 보이는 그 슬픔이나 될거나.

그리운 무용

1. 장미의 요정

장미의 요정이라는 것이 있었다.
피난을 갔던 항구는 바닷물이 따뜻하고
멸치 몇 마리를 매일 간장에 찍어 먹던
피난살이 셋방에 장미의 요정이 있었다.

주인집 유성기에서는 맛있는 과자가 나오고
조명의 무대에서 나는 낮잠을 자고 있었다.
아침이면 이름표 가슴에 달고 고무신을 신었지만
장미도 없는 도시에서 나는 요정을 자주 만났다.
정든 바닷물은 여전히 따뜻하고 말이 없었다.

배고픈 그 여름이 지나도 세상은 어렵기만 하더니
아, 이 시대에 지천으로 핀 장미의 웃음은 무엇인가.
난감하기 짝이 없는 장미의 음악은 무엇인가.
토슈즈를 신고 돌아오는 그리운 세상은 무엇인가.

2. 목신의 오후

──영태에게

안무가 미카엘 포킹을 만나고 왔겠지.
땅만 그리던 화가는 마침내
긴 비가 되어서 땅속에 스며들고
얼마 만에 깊은 계곡이 되어 우리를 안았지만
니진스키의 목신은 너무 쓸쓸해.
이상하게 두 발로 걸어가는 황소 걸음이
장식도 없는 무대의 경사를 오를 때
발도 날개도 떨어져나가는 몸부림이 무서워.
어차피 목신은 한국 태생이 아니었겠지만
무대에는 암호 같은 손수건 한 장이 떨어져 있고
흰색인지 분홍색인지 이제 기억에 없지만
외곬으로 살아가던 정적의 무대에서
몇 개의 손수건 흔들리는 몸부림이 보인다.

기도

하느님,
나를 이유 없이 울게 하소서.

눈물 속에서
당신을 보게 하시고
눈물 속에서
사람을 만나게 하시고

죽어서는
그들의 눈물로 지내게 하소서.

그 후의 강

몇 해 전 섭섭하게 헤어진 한강에
지금은 낚시꾼이 모이기 시작한다지?
폐수에 밀리던 꼽추 물고기의 시대는 가고
그 물고기들의 자손이 싱싱하게 일어나
한강을 판잡기 시작했다지?
반가워라, 강물은 흐르니까 변해야겠지.
세월은 흐르니까 변해야겠지.

강이 끝난 뭍에서는 다음 세대가 되기 전에
어둡다고 눈 비비던 청년의 눈병도
숨차다고 가슴 치던 여자의 속병도
모두 알차고 깨끗하게 낫게 되겠지.
팔팔한 강물이 되어 흐르기 시작했다니
고통의 꼽추의 시대는 쓸려나가고
거침없이 당당한 나라가 일어서겠지.

유랑민의 꿈

김 현
(문학평론가)

> 수시로 마른 빵을 씹던 유랑민의 꿈,
> 해결할 수 없는 겨울밤의 목마름
> ─「외국어 시」에서

마종기의 표면적 삶은 "한여름 냉방 장치의 응접실에서" "안락한 외제 소파에 틀고앉아" 안락하지 못했던 "동학의 전기를 읽"거나, 피아니스트 폴리니의 연주회에 가서 "흰 배경으로/두 마리 흰 새가 날아오르는"것을 보거나, 안무가 미카엘 포킹에 대해서 친구에게 편지를 띄우는 유형의 삶이다. 그는 노벨상 시인 밀로즈 씨의 자작시 낭송회에 참석하기도 하고, 때로는 "겨울의 긴" 안데스 산맥을 가보기도 하고, 스페인에 가 "낡은 베레모를 쓰고/오징어 튀김에 싼 술"을 마시기도 한다. 그런가 하면 "오랜만에 귀국해서 친구랑/촌길 주점에서 도토리묵을 먹"기도 한다. 미국에서 의사 생활을 하며, "영어를 잘하는" 아들과 "가진 것에 약한 아내를" 부양하고 있는 마종기의 삶을 간단하게 부르주아지의 무반성적 삶이라고 비판하기는 쉽다. 그러나 그 비판을 깊이 있게 하기 위해 그의 표면적 삶을 다시 따라가다 보면, 그 비판을 뒷받침해줄 요소들이 그리 많지 않음에 놀라게 된다. 그의 시는 외국에서 부유하게 사는 사람이 고향을 건너다보며 한가롭게 내뱉는 감상적인 말들의 단순한 모음이 아니라, 고향에서 떨어져 나와 외국 땅에 자리 잡은 사람이 과연 떠돌이가 아닌가라는 물음에서부터 사람의 삶 자체가 그런 떠돌이의 삶이 아닌가라는 성찰을, 아니 차라리 떠돌고 있는 내 존재의 근거는 무엇인가라는 물음을 진솔하게 제시하는 흔치 않은 시로 차라리 나타난다. 딜레탕트 부르주아의 모습을 한 시인이 삶의 의미를 되묻는 영원히 떠도는 떠돌이 편력인으로 바뀌는 모습은 마종기 시의 핵심적인 부분 중의 하나이다. 그의 시를 외국 거주자의 감상적 제스처라고 보려는 순간, 그의 시의 보편성이 내 마음을 찌른다. 나는 깜짝 놀라 그의 시를 천천히 되풀이 다시 읽는다.

> 한여름 냉방 장치의 응접실에서
> 문득 얼굴에 흙칠을 하고 싶다.
> ─「일상의 외국 2」부분

라고 자괴하고 있는 시인의 마음 한구석을 점유하고 있
는 것은 쉽고 편하게 세계를 살아가고 싶다는 욕망이다.
그 욕망의 밑바닥에는, 초등학교나 중학교 때 6·25를 겪
은 세대면 누구나 느꼈을,

　　피난 시절은 어른들의 먼지 속,
　　전쟁은 보이지도 들리지도 않던 나이에
　　나는 아침부터 심심하게 배만 고프고
　　　　　　　　　　　　　—「그해의 시월」부분

라는 시구에 암시되어 있는 배고픔의 추억이 자리 잡고
있다. 다시는 그 배고프던 시절로 되돌아가고 싶지 않다
라는 의지가 나는 편안하게 살고 싶다는 욕망의 근원적
인 자리이다. 나는 편안하게 살고 싶다는 욕망은 이 세계
는 편안하다라는 인식을 낳고, 그 인식은 이 세계에는 탈
난 곳이 없다라는 인식으로 확대되어 간다.

　　호세 리잘이 진단한 사회의 암은 우리였네.
　　나태한 우리와 타협해서 쉽게 사는 우리,
　　의타심에 눌려서 눈치로 사는 우리,
　　작패로 싸우고 죽이고 이간질하는 우리,
　　암세포로 썩어가는 나라의 병은

아무도 볼 수 없는 우리들 마음에 있었네.
(나도 외국을 떠도는 의사인데
아무 병도 보이지 않았다.
필리핀 의사를 만나면 마작이나 하고
구라파 여행 때는 군침만 삼켰다.)

―「의사 호세 리잘의 증언」 부분

호세 리잘은 19세기 말 필리핀이 아직 스페인의 식민지였을 때 『사회의 암』이라는 소설을 쓴, 서른다섯의 나이에 총살형을 당한 필리핀의 의사이다. 그가 진단한 사회의 암은 "나태한 우리와 타협해서 쉽게 사는 우리"의 그 편안함이다. 그 암을 마종기는 느끼지 못했다고 한다(느끼지 못했다고 기술하고 있는 마종기는 물론 그것을 느끼고 있다). 그 편안함은 어렵고 힘든 모든 것에서 자신을 떼내 그런 것은 없는 것처럼 느끼는 행위 속에 내재해 있다. 과연, 시인은

모든 인연에서 떨어져 나올수록
내게 더 가까이 다가오는 피부의 밤,
언제나 우리를 속상하게 하는
겹치고 겹치는 어려운 시대도 가려주는
위안의 끝없는 넓이여.

―「밤 노래 1」 부분

라고까지 말하고 있다. 편안한데 무엇 때문에 구태여 불편해지려 하겠는가. 그래서 그의 마음은 위안의 끝없는 넓이에 몸을 맡기고 편안히 흐르려 한다.

> 그냥 흐르기로 했어.
> 떨어지기로 했어.
> 눈총도 엽총도 없이
> 나이나 죽이고 반쯤은 썩기도 하면서
> 꿈꾸는 자의 발걸음처럼 가볍게.
> ──「가을 수력학」부분

그 편안히 흐르는 삶은 시인의 표현에 의하면 "천년짜리 장자의 물"의 삶이다(이 자리에서 장자의 물의 삶이 과연 편안히 흐르는 삶인가 하는 질문을 던지는 것은 의미 없다. 그것은 시인의 생각이기 때문이다. 그러나 지나가는 김에 장자의 물의 삶, 무위의 삶은 나태의 삶이 아니라 자연의 순리에 거역하지 않는 삶이라는 것을 첨부하자). 그 물의 삶은,

> 우리들 인연이야 어차피 바람이고
> 내가 조준할 것은 이 세상에 없었다.
> ──「권총을 사들고」부분

는 시구가 보여주듯 이 세계엔 시인이 겨냥할 것은 없다
는 초속주의(그 초속주의가 초월주의와 다른 것은 물론이
다)에 물들어 있으며, 그래서 시인은 감히,

　나는 신비주의자 될밖에 없었
——「만선의 돌」 부분

다고 말한다. 이 세계에는 조준할 것이 없으니, 이 세계에
서는 편안히 살면서 이 세계 밖에 의미가 있는지 조준해
보고 싶다는 것이 시인의 신비주의이다. 편안히 살고 싶
다는 동물적 욕망에 사로잡혀 이 세계의 암종들에 대해
눈을 감았음에도 불구하고, 이 세계 밖에라도 의미가 있
는가 묻는 순간, 편안함은 존재론적인 변환을 일으켜 불
편함의 근거 그 자체가 된다. 편안함이 마종기의 시에서
는 바로 불편함인 것이다. 시인은 편안하게

　내가 한 십 년
　아무것도 안 하고 단지 시만 읽고 쓴다면
　즐겁겠지.
——「내가 만약 시인이 된다면」 부분

라고 묻고 있지만, "내가 만약 질 좋은 시인이 된다면"이
라는 생각으로 그 물음은 자연스럽게 이어나가게 되며,

그렇게 되는 순간 나는 무엇을 해야 하는가 하는 불편한 질문이 제기된다. 그때 편안한 물은

　　한번 끓고 난 물은 탄력이 없어.
　　비단같이 얇게 하늘거리는 땅 위에서
　　생수 같은 사람이 되고 싶어서.
　　　　　　　　　　　　　　　　　　　　―「하느님 공부」부분

라는 시구에 나타난 대로 탄력을 잃은 물이 되어, 생수 같은 물에 대립한다. 그 생수 같은 물은 "물 같은 목소리를 가진,"우리들의 게으름을 일깨워주는" 새의 물이다.

　　새들은 아침잠도 없구나.
　　동이 터오는 기미만 보이면
　　일어나 세수하고 우리를 부른다.
　　물 같은 목소리.
　　[……]
　　새들은 기미만 보고도
　　우리들의 게으름을 일깨워주는구나.
　　　　　　　　　　　　　　　　　　　　　　―「새」부분

　　편안함이 불편함이듯, 편안한 물도 불편한 물이다. "나는 신비주의자가 될밖에 없었"다고 고백한 시인은 그러나

88

간직했던 생래의 연약(軟弱)의 모래톱

끝없이 떠다니는 모래들의 풍문.

—「만선의 돌」부분

을 기억해달라고 부탁한다. "연약의 모래톱"이나 "끝없이 떠다니는 모래들"은 신심의 굳은 돌에 대립되어 있는 불안정한 실존을 표상하는 이미지들인데, 시인은 저 세계를 꿈꾸면서도 자신의 실존을 뛰어넘지 못한다. 거기에서 신비주의자답지 않은 질문들이 연이어 쏟아져 나온다. 승진을 하기 위해 아무 죄 없는 쥐들을 꼭 실험용으로 이용해야 하는가라는 생존적 차원의 질문에서부터(「실험실의 쥐」) 시인의 용도는 무엇입니까라는 예술적 질문에 이르기까지 그 질문의 내용은 다양하고 포괄적이다.

시인은 "그 겨울을 [……] 거의 지하실의 실험용 쥐들과 같이 지냈"다. 번호가 적힌 순서대로 시인은 매일 몇 마리의 쥐들의 배를 가른다. "물 대신 술을 계속 먹인 쥐들은 간이 붓고 체중이 줄고", "커피를 먹인 쥐들은 몸무게가 늘었지만 내장에 피가 맺히고, 코카콜라를 먹인 쥐들은 내[그]가 죽이기도 전에 비틀비틀 단내를 피우며 썩어간"다. 각종 음료수에 대한 혈액 내의 화학 물질 농도와 내장벽의 근육 및 조직 변화의 연구는 성공했지만, 시인-의사는 쥐들의 "성공한 놈아, 성공한 놈"이라는 기침-외침을 잊지 못한다. 쥐들의 기침 소리가 그의 잠을 설치게 하는 것이다. 왜 잠이 오지 않는 것일까? 그것은 시인-의사가 그 쥐들을 인간적으로 이해하고 있기 때문에 그런 것이 아닐까? 내가 성공하기 위해 무고한 것들을 죽여도 되는가? 그 질문은 사람이란 무엇인가라는 질문과 이어진다.

> 사람은 생각하는 갈대라지만
> 아프리카 한복판 가뭄에 굶어 죽은
> 수십만의 에티오피아 사람들은
> 무슨 생각을 하는 갈대였을까.
> 갈대같이 말라서 쓰러져 죽고 마는
> 그 갈대를 꺾어서 응접실을 치장하고
> 생각하는 갈대답게 아프리카를 본다.
> ──「아프리카의 갈대」 부분

생각하는 갈대로서의 사람은 "생각하는 갈대답게" 굶어 죽는 갈대도 생각하는 갈대일까 묻는다. 굶주린 사람도 사람일까? 그 단순한 질문 뒤에는 인간이 만든 모든 제도에 대한 의문이 숨어 있다. 사람은 사람답게 살아야 하는데, 굶어 죽는 사람을 바라보며 생각하는 사람도 사람인가? 오랫동안 지식인을 괴롭혀왔으며, 아직까지도 괴롭히고 있는 그 질문은 안락한 부르주아의 근거를 뒤

흔드는 질문이다.

> 에티오피아에서, 소말리아에서
> 중앙아프리카에서
> 굶고 굶어서 가죽만 거철어진
> 수백 수천의 어린이가 검게 말라서
> 매일 쓰레기처럼 죽어나고 있습니다.
> 캄보디아에서, 베트남에서
> 오늘은 해골을 굴리며 놀고
> 내일은 정글 진흙탕 속에 죽는 어린이.
> 열 살이면 사람 죽이는 법을 배우고
> 열두 살이면 기관단총을 쏘아댑니다.
> 엘살바도르에서, 니카라과에서
> 중앙아메리카에서 남아메리카에서
> 해 뜨고 해 질 때까지 온종일
> 오른쪽은 왼쪽을 씹고
> 왼쪽은 오른쪽을 까고
> 대가리는 꼬리를 먹고
> 꼬리는 대가리를 치다가 죽고.
> 하루도 그치지 않는 총소리,
> 하루도 쉬지 않는 살인.
> 하느님 시인의 용도는 어디 있습니까.
> ──「시인의 용도 1」 부분

이 간난한 시대에 시인은 무슨 소용이 있는가. 시인으로서의 나는 사람답게 살고 있는가. 아니 산다는 것은 도대체 무엇일까. 그 질문은 쓰디쓴 절망적인 질문이다. 시인의 세계 인식은

> 어두운 골방에 앉아 하루 종일 봉투 만들고
> 라면으로 끼니를 잇는 노파를 아신다면,
> 하느님, 내가 외롭단 말 못 하게 하세요.
> ──「시인의 용도 2」 부분

라는 데 이르면 더욱 가혹해져, 시인-의사의 편안한 삶은 산산조각이 나, "하느님, 내가 고통스럽다는 말 못 하게 하세요"라고까지 시인으로 외치게 한다. 세계는 편안한 사람들로 가득 차 있는 것이 아니라 고통스러운 사람들로 가득 차 있다. 고통스럽다! 그 말도 사실은 사치스럽다. 시인은 더 나아가

> 정의는 때때로 간단한 깃발이다.
> ──「고아의 정의」 부분

라고 단호하게 외친다. "세계의 곳곳에서 서로 목청을 뽑는/씩씩하고 웅장한 정의의 관현악" 때문에, 죽는 사람들

이, 고통받는 사람들이 얼마나 많은가를 시인은 분명하게 알고 있다. 또한 시인은 미국의 "가볍고 싱싱"한 자유와 "고국에서 배운" "무겁고 힘겨운 자유"의 차이를 분명하게 알고 있다. 그는

> 오래 헤매며 살던 짙은 안개의 세월 끝나고
> 내가 드디어 뜨거운 눈을 뜨
>
> ——「수장」부분

게 되리라 기대한다. 그의 뜨거운 눈은 신비주의자의 불안한 눈도 아니며, 생각하는 갈대의 차갑게 바라보는 눈도 아니다. 그 뜨거운 눈은

> 모여서 사는 것이 어디 갈대들뿐이랴.
> 바람 부는 언덕에서, 어두운 물가에서
> 어깨를 비비며 사는 것이 어디 갈대들뿐이랴.
>
> ——「밤 노래 4」부분

라고 생각하며, 같이 전망 있는 미래를 향하는 눈이다. 그 눈이 감기고, 입에서 단순한 기도가 새나온다.

> 눈물 속에서
> 당신을 보게 하시고

눈물 속에서

사람을 만나게 하시고

죽어서는

그들의 눈물로 지내게 하소서.

─「기도」 부분

그 기도는 참회의 기도이며 바람의 기도이다.

나는 편안하게 살고 있다; 그러나 다른 사람들은 고통
스럽게 살고 있다; 나는 그들의 고통에 대해 아무 말도 하
지 않을 수 없다, 라는 마종기의 세계관을 무엇이라고 부
를 수 있을까? 나는 그것을 단순하게, 다시 말해 가치 부
여를 하지 않고 중산층의 휴머니즘이라고 부르고 싶다.
그 휴머니즘의 핵심은 같이 모여서 살아야 인간답게 살
수 있다는 연대 의식, 혹은 공동체 의식이다. 의사다운 그
의 표현을 빌면 "많은 피의 찌꺼기가 죽고 또 죽어서 상
처를 아물게" 하듯, 함께 모여 고난을 이겨내야 삶의 상
처는 아문다. 그런 그의 지혜는 삶의 전체적 모습을 드
러내는 것을 겨냥하는 서사적 세계의 지혜가 아니라, 자
기의 체험에 의거해 삶의 한 부분의 진리를 드러내 성찰
의 계기로 삼는 루카치가 쓰는 의미의 수필적 세계의 지
혜이다. 마종기의 시가 서사적 이야기나 서정적 추억보

다는 정경 묘사나, 이런 경우, 저런 경우 할 때의 그 경우 묘사에 자주 기우는 것은 그것 때문이다. 그는 자기가 세계의 진리를 쥐고 있다고 주장하지도 않으며, 세계의 근원이라고 할 유년기의 천국 속에 자리 잡지도 않는다. 그는 현실 속에서 의사로서 환자를 치료하고, 그가 좋아하는 시나 소설을 읽으며, 전람회·음악회·무용 등을 보러 다닌다. 그는 그러한 삶 속에서 삶의 진리들을 만난다. 그 진리들은 전체적이지는 않지만, 부분적인 설득력을 갖고 있다. 그런 수필적 체험을 그는 수필로 표현하는 것이 아니라 시로 표현한다. 그의 시는 그래서 때로 진술에 가까워지는데, 진술의 산문성을 피하기 위해 그는 때때로 화자의 목소리를 바꿔 산문적 분위기를 지운다. 동요풍이라는 부제가 붙어 있는 「폴란드의 바웬사 아저씨」 같은 작품은 그 좋은 예이다.

> 꽃 파는 여자와 결혼한 노동자
> 나는 바웬사 아저씨가 좋아요.
> 애국이니 혁명을 말하지 않고
> 고개 숙이고 헤매는 아저씨 이마의 땀,
> 밤에는 친구끼리 몸을 기대는
> 폴란드의 가난한 노동조합원.

> 일곱 명 아기의 아버지와 죄 지은 신자

술 한잔 마시고 그다니스크 시를 걸어가는
술 한자 취하면 부르는 유행가,
"우리가 죽어서 모두 재가 된다면
폴란드여, 제발 그 재만은 자유롭기를"
얼마나 자유를 그리워하면
무섭지 않아도 눈물이 나고
맨몸으로 쓰러지는 눈 덮인 거리

"옳은 것은 원래부터 무의식이다"
폴란드의 자유와 생존의 열망이
이제 많이는 땅밑에 묻혀버렸지만
계엄령의 얼음판에서도 불을 자주 보는
바웬사 아저씨가 나는 좋아요.

─「폴란드의 바웬사 아저씨」 부분

　　화자의 목소리를 소녀의 그것으로 제시함으로써, 바웬
사에 대한 시인의 인식은 산문적 질서를 벗어나 시적 분
위기를 획득한다. 그 분위기의 다른 이름은 사랑·존경 등
이다. 그것은 "정의보다 훨씬 높고, 맑고, 따뜻한 것"이다.
다시 말해 비억압적이며 진리 계시적이다. 그때 그의 시
들은 아름답다. ▨